Grow it!
¡A sembrar!

illustrated by Georgie Birkett

Ilustrado por Georgie Birkett

Look at me!
I'm on the compost heap!

¡Mírame! ¡Estoy sobre
un montón de fertilizante!

Can we grow some of these seeds?

¿Podemos sembrar estas semillas?

First, we'll fill up the tray.
Spread it out.

Primero, llenaremos la cubeta.
Luego, esparciremos la tierra.

These seeds are tiny.
Can I push them in?

Estas semillas son pequeñitas.
¿Las puedo enterrar?

You need to water
the seedlings. Oh no!

Necesitas echarle agua
al semillero. ¡Oh, no!

Now you'll grow
just like a plant!

¡Ahora vas a crecer
como una planta!

Why are we planting
these outside?

¿Por qué sembramos
estas afuera?

I'll sprinkle these seeds on the soil.

Voy a esparcir estas semillas en la tierra.

How much water
do these plants need?

¿Cuánta agua necesitan
estas plantas?

My hands are muddy.
This water's cold!

Mis manos están fangosas.
¡El agua está fría!

I'll pull out the weeds.
We don't want them.

Voy a arrancar los hierbajos.
No los queremos.

Should I take them
to the compost heap?

¿Los llevo a la pila
de fertilizante?

Wow! Are the sunflowers taller than me now?

¡Vaya! ¿Están más altos que yo los girasoles?

The tomatoes are heavy.
I'll tie them up.

Los tomates pesan.
Los voy a atar.

We need a rest
after all that hard work!

¡Necesitamos un descanso
después de tanto trabajo!

Phew! This pumpkin
makes a great seat.

¡Vaya! Esta calabaza
sirve de un buen asiento.

So many tomatoes!
They're really juicy.

¡Cuántos tomates!
Son muy jugosos.

Would you like these?   ¿Quieres estos?
Yes, let's swap.   Sí, vamos a intercambiar.

Here I am! These
beans are crunchy.

¡Aquí estoy!
Estas habichuelas están crujientes.

Are the lettuces ready?
Plenty to share!

¿Están listas las lechugas?
¡Hay para compartir!

Home-grown salad.
Nothing tastes better!

Ensalada cultivada en casa.
¡Nada sabe mejor!

What will we grow
to eat next year?

¿Qué sembraremos
para comer el año próximo?

One day, I'll be
as tall as these!

¡Un día, yo seré
tan alto como estos!